채광彩光

채 광 彩光

초판 1쇄 인쇄   2008년 6월 05일
초판 1쇄 발행   2008년 6월 10일

지 은 이   홍경흠
펴 낸 이   손형국
펴 낸 곳   (주)에세이
출판등록   2004. 12. 1(제395-2004-00099호)

주   소   412-791 경기도 고양시 덕양구 화전동 200-1 한국항공대학교
            중소벤처육성지원센터 409호
홈페이지   www.essay.co.kr
전화번호   (02)3159-9638~40
팩   스   (02)3159-9637

ISBN 978-89-6023-174-0 03810

채광 彩光

홍경흠 지음

시인의 말

　세 번째 시집을 내기 위하여 그동안 쓴 시들을 다시 읽어보니 뒤틀리고 막힌 데가 많아 아직 멀었구나 하는 생각이 앞섰습니다.

　그래서 내가 나에게 물었더니 어쩌면 완벽한 것보다는 조금 모자라는 것도 아름답지 않겠냐는 자답을 얻어, 무거운 두려움을 떨쳐버리고 세상의 얽히고설킨 얼룩진 무늬들의 일상을 채광彩光한 누더기의 실체를 부끄러움을 무릅쓰고 감히 밝힙니다.

차례

2장 마음, 그 기억에

3장 욕망의 끝에 서서

4장 그 겨울바다에서

1장

내가
나를
말하다

가꾸는 몸은 아름답다

몸은 냉정하다
내가 몸을 가꿀 때 몸은 단단해진다
내가 몸을 버려두면 몸은 물렁해진다
몸은 나에게 어떤 말도 하지 않는다
느낌만 줄 뿐이다
느낌이 왔을 때
나와 몸은 이미 어느 정도 거리가 있다
먼 거리에 있을 때
나는 비바람과 싸워야 한다
가까운 거리에 있을 때
나는 희망을 가질 수 있다
몸과 가까워질 수 있는 희망마저 없다면
삶을 땅바닥에 내려놓을 수밖에
그래서 나는 몸과 대화를 나눈다
내가 좋아해도 몸이 싫어하는 일은 하지 않는다
왜
몸이 돌아서면 잡을 수가 없기 때문에
서로 환해지려면 시간이 걸리기 때문에
나는 언제나 몸과 밀어를 나눈다.

희망을 베끼다

청량리 지하철역 4번 출구 계단에는
쓰러진 나무 한 그루 오늘도 그대로 있다
지나가는 발자국이 멈추는 순간에만 꽃망울이 된다
첫차가 출발할 때부터 막차가 들어올 때까지
구름이 흐르는 꽃숲으로 가는 길 외에 들락거릴 곳이 많은 듯
지하철을 둘러메고 계단을 삼켰다 뱉는데
겨울바람도 그를 어쩌지 못한다

신기하게도 외부에서 들려오는 구원의 소리로
하늘을 걸을 때엔
소금안주에 막걸리 한 잔은 농촌의 빈 집을 멀거니 바라보며
누군가 놓고 간 온정의 무게로 담장을 쌓고
바람이 들락거리는 방에 도배를 한 후
도망간 아내를 맞아 들인다
인정 없는 봄 햇살이 발바닥에 비추일 때가 얼마 안 남았다고 생각하며.

꽃은 꽃이라 말하지 않는다

흔들면 흔들수록 밝아진다
뜯기고 꺾여도 하루하루를 밝힌다
어스름이 내리고 나서야 상처를 치료하는 그는
그의 몸이면서도 그의 몸이 아니다
한때가 아니라 삶이 그러하다
반짝이며 향기를 내뿜어 눈부심으로 통하는,
어째서일까
밤에 불을 지폈다가 낮에 불꽃으로 피어나기 때문일까
새까맣게 타서 환해지는 것은
얼마를 더 타야만 하는 걸까
그래도 뭔가에 한번쯤 못질을 하고 싶기도 할 텐데
그런 흔적을 찾아볼 수가 없다
천성이 그런 것일까
그래서 그의 이름은 꽃인가
그런 그의 삶은 죽음 이후까지
세상에 푸른 바람을 불게 한다
계시인가 경고인가 사뭇 궁금하다.

잠시의 행복

늦가을의 은행잎이
대지를 노랗게 물들이고 있다

바람이 일 때마다
가슴을 짓누르며 날뛰던 시름의 조각들이
산모롱이를 돌아가는 기차 소리처럼
여운을 남기며
사라진다

하얗게 빈 가슴
천국 같은 그래서 낯선.

가까이 비단길이 있다

가을걷이가 끝난 텃밭
버림받은 상추
몇 포기
무서리를 맞고
가녀린 몸이 일으킨
파문
겨울바람 속으로 들어가
겨울바람 되어 노는데
밤마다 내리쏘는 별빛
외로워
얼마를 더 견뎌야만
봄이 올까.

한반도 대운하 뚫고, 높게 날자

이곳은 인류가 찾는 바로 그곳이다
그 한마디를 남기고 싶어
외로움과 걷는 새벽 밤하늘에
웃음 같은 샛별이 반짝이면
메마르고 뒤틀린 들판의 마른 숲에는
새순이 움튼다

강산에 들꽃이 하얗게 피었다
때 아닌 우박이 쏟아져 내리고
들꽃은 상처를 입는다
상처가 아물려 하면
다시 소나기가 내리고,
들꽃은 또 눕는다

솜이불 속에 둥지를 튼 눈빛들
다 죽었다고 여겼던 들꽃들이 피어났다
어찌된 일인지 끊임없이 두근거리는 가슴 속에서
저들의 소통은 무엇일까
귀 기울이면
매혹적인 향기와 풀벌레 소리, 새떼가 날고 있다

한반도 대운하는 그렇게
슬피 울며
하늘을 쳐다보는데
물이 풍부하면 뜨거워지는 땅을 식힐 수 있고
새 세대에게 좋은 보금자리를 만들어 준다는
울림, 울림, 울림뿐이다

여보게, 빛깔이 다르다고 너무 꾸짖지 말고
가벼운 걸음으로 무지개다리에 함께 오르자
더 이상 머뭇거릴 시간이 어디 있는가
그렇다고 돌아오지 않겠다고는 말하지 말자
어찌 마음이 쓰이지 않겠나
이제 가슴 속에서 맴도는 숨은 이상을 활짝 펼치자

저기 한숨을 푹푹 내쉬는 7억 톤의 물을 보게나
오늘도 안간힘을 쓰며 수액을 공급하고 있지 않은가
어이할꼬
강산이 시들지 않으려면 10억 톤의 물이 더 필요한데
한반도 대운하밖에 없지 않은가
수수만년 푸른 땅을 가꿀 의로운 물길을 내자

사막처럼 건조한 땅에도
오아시스가 있으면
어떤 열풍이 불어도
지표 온도가 낮아지고 있지 않은가
지구온난화를 막는 희망이다
환하게 웃는 그날까지 함께 땀 흘리자

긴 숨을 몰아쉬며 고요히 흐르는 삶의 젖줄
태초의 원형대로 우리가 돌려놓자
상처투성이를 황홀한 감동으로 눈 뜨게 하여
눈물 나도록 하자
골짜기마다 피어오르는 물의 향기로
기친 세상이 노래 부르게 히지

청정 남해의 고깃배가
영산강을 거슬러 올라
낙동강을 거슬러 올라
한강이 포구 되는 종소리가 사방에 번져 간다
신의주를 거쳐 중국, 러시아, 유럽에서,
우리의 입맛으로 활활 불타는 웃음꽃이 보인다

미안하다는 말에 마음이 열리듯이
어떤 아픔도 일어나지 않도록
마음을 열자
물길을 열자
푸른 산천을 만들자
세상이 저마다의 꽃으로 피어날 수 있도록

우리는, 한반도로 간다.

소나무가 웃고 있다

높고 높은 산, 높은 곳에
수령을 알 수 없는 소나무가 남쪽을 향하고 있다
화려하게 빛나는 붉은 갑옷과 늠름한 모습은 그의 작품이다

나는 버려진 깡통을 발로 차고, 휙 지나가는 고양이에게 놀라고, 거대
한 그림자 앞에서 숨을 죽이는 묘한 버릇 외에 꽃이나 서녘 하늘의 노
을이 가슴속으로 들어왔다 나가는 것을 알고 있다

언제나 점잖은 척 오늘도 동전의 앞, 뒤를 재빠르게 두들기며 식사가
끝나고 양치질을 하고 취미도 없는 클래식 음악을 듣는다

하루의 끝은 허전하지만 잠잘 때는 소나무와 동침을 한다.

똥의 자학

나의 주인을 시원하게 해주는 난
언제나 외면만 당하는,
전염병 환자처럼 격리 수용된다
그러나 나는 질주한다, 날 버린 배신을 지우기 위해
때를 기다리며
튀어 오르려는 나를 억누르며 오들오들 떤다
목이 비틀리고 사지가 찢기는 병신이 되어서도

성장통을 앓고 있는 주인을 위해 나는 나의 의지를 버렸다

똥은 똥인가
다시 봉사해도 버림밖에 없다
그럼 난 살아 있어도 살아 있는 것이 아니네
왜일까
미안한 마음이 없기 때문일까
그래 겸손하자 아님 주인의 괄약근을 찢어버릴까
아냐 창자를 뒤집어 놓으면 어떨까

내가 더럽냐
네가 더럽냐
씨발.

꽃으로 쓴 편지

  새로운 텃밭을 일구려는 그녀는
  곳곳마다 꽃씨를 심었다
  눈빛으로 주고받았던
  꽃의 역할과, 피고 지는 시기와, 특성에 맞는 물주기
와 손질하기
  적당한 온도와 습도가 어우러져야만 밝은 빛깔로 필
수 있다는 논리

  꽃은 오늘 활짝 피었다

  꽃향기는 마을 가득 번지고 넘쳐 하늘로 날아갔다
  새들이 날개를 접고 나뭇가지에 앉아 노래를 불렀다

  우리는 꽃이 되었다

바람으로 인한 흙먼지가 꽃향기를 지운 적도 있었으나
꽃이 꽃에게 인사를 했다

더욱 선명하게 피기 위하여 꽃은
나비와 벌과 진딧물과 친구가 되었다.

맞선

   단정한 자세로, 맞닥뜨린 시선에 비스듬히 몸을 기대면 심장에서 붉은 푸른 하얀 노란 색깔이 제 빛을 환하게 내뿜으며 내가 너에게 다가가도 상처는 없을까 플러스마이너스 오차 범위 내에서 배경음악 있는 듯이 춤을 추는 것이다.

   조그만 집에 뜰이 있고, 저녁이면 등나무 아래 의자에 앉아 달빛을 벗 삼아 차를 마시며 아침에는 자가용으로 출근하는 일상이 세상 속에서, 차츰 나아져 삶의 낱낱이 무지개를 타는 것이다.

   마침내,

내가 나를 말하다

나의 유년은
부모님의 미소로 짐승의 허물을 벗으며
겨울 강을 건넜다
청년이 되어서도 가끔 놈으로만 통하는
개망초 길섶에 넘어지던 날
저무는 해를 바라보며 눈물 흘리는,
가다 서다를 반복하는 막다른 골목길
콘크리트 틈새를 뚫고 피어난 민들레로
내 어둠을 마지막으로 퍼내고 있을 때
거쳐 온 길 위의 험악한 날들의 비명이
모스부호로 목덜미를 낚아채, 땅바닥에 주저앉아
서러워서 온몸에 핀 꽃

세상의 그물에 던져진 '시'여.

불안不安

어딘지 모르게 몸이 근질근질하고
하루에도 몇 번씩 빈 하늘을 쳐다보며
긴 시간이 지나도 답이 없는
답을 기다려야 하는 나날
누가 불러 창문을 열었더니
모처럼 찾아온 친구가 번개팅 가잔다
횃불 같은 기억은
웃음과 술이 흥건한 밤의
수렁에 빠져 허우적거리는 치명적 상처에
또 헤엄치자는 소리
가슴에 살포시 멎어 자꾸 헷갈리는
자신을 곱씹어 보다가 미끄러져
그만
날아오르려는 날개를 완전히 부러뜨린 두려움이
어떻게 되겠지 하는 막연한
생각, 펄펄 끓는.

첫눈

이 밤도
이 밤도
너는
그렇게
나의 가슴에 군불을 지피나.

시나브로

궁에 살고 싶어
도시로 찾아들면 빌딩이 보이고
부산한 소음은 색소폰 소리로 정겨워
집 한 채 짓는다.
정원수 하나 더 심으면 여유로운 운치
가로등이 하나 둘 어둠을 밝히면
고개를 떨어뜨리고
쉴 옥탑방 하나 품고 싶은
태양이 솟는다.
회색바람에 떠밀리는 외로운 사투는
희망 계단을 오르다보면
높이는 또 하나의 도전
위험인물처럼 이쪽저쪽을 넘보는데
길이 길을 막고 있다.

뒷모습

이 벌판에 서 있는
당신은 누구요
차마 볼 수 없어 말을 건네니
눈길이라도 주오
그렇게 오래도록 홀로 서 있을 양이라면
앉기나 하든지
바람이 너무 세차지 않소
여기요, 몸이나 데우시오.

몸가짐

저 삶이 누구에게 고개를 숙인다는 것은
몸의 빈 부분을 채워야 한다는 욕구가 산불처럼 활활 타올라
그 누구도 막을 수 없는 질주를 가진다

오직 한 가닥, 기다림을 잃었을 때의 비명소리
그 본능은 초원을 할퀴고 뛰어야 하는 하이에나가
썩어가는 먹이를 뜯어먹고 있는 것 같다

어느 날인가 풀잎은
바람과 바람 사이에 고리가 있다는 것을 알았다
바람이 불지 않는 것은 미움이 돋아나 서로 밀쳐내기 때문
이란 것도,

빈 들판에서 웃음꽃을 피우려고, 네 이름을 부르는 것은
바람이 세차게 초원의 무성한 풀잎을 흔들수록 풀잎도 바
람이기를 원해갔다
바람이 되지 못한 풀잎은 제 씨앗을 땅 속 깊이 묻었다

멀리서 느릿느릿 다가오는 기억의 발소리를 빠르게 파
악하기 위해 풀잎은
　바람의 손을 잡아주며 바람의 동의 없이 바람이 된다
　근심의 늪에서 빠져나오려면 독사의 이빨로는 상처가
너무 크기 때문이다

　바람이 사라진 벌판, 비애가 허공에서 칼을 빼어들려
고 할 때
　또 하나의 바람이, 그 바람의 등 뒤로 줄줄이 달려오고
있다
　봄은 겨울의 어느 골짜기에 쓰러져 있는지, 무서울 것
이 없어졌다

　풀잎은 풀밭을 이루어내려고 제 성기를 세워서 의식을
치른다.

새는 날 때 두렵다

한강에서 석 달째다 가슴이 허전하고 답답하다

날개를 퍼덕거리며

고향에서 내가 이곳을 찾아온 이유를, 하늘에서 날
개가 아팠던 일을, 깨끗한 먹이는 어디에 많을까 아직
까지 한강은 괜찮은데 내년에도 괜찮을까 혹시 오염
이 되면 어떡하지 이런저런 생각으로 머리가 아프다

다시 고향으로 갈 날이 다가오므로

물속에 머리를 처박고 먹이를 노리며, 매섭게, 먹이
가 별로 없다는 것은, 그럼 누군가에게 나도 먹이가

되겠다는 느낌을, 사방을 경계하며 조심스럽게 더욱
조심스럽게, 기척에 식은땀이 나고 몸이 쇠약해지면
서 깜박깜박 정신을 잃을 때, 가볍게 잠수를 하고 한
쪽 다리로 일어섰다 앉았다를 반복하는 운동을 하면
서 몸을 단련시킨다 과연 내가 고향으로 무사히 되돌
아 갈 수가 있을까

   떠나갈 날은 잡히고

   저녁 어스름이 묻어날 때 동아리들과 함께 일제히
하늘로 날아올랐다 어디쯤에선가부터 뒤처지는 자가
생겼다 안타까운 척할 뿐 보살펴줄 생각은 없었다
고개를 빳빳하게 쳐들고 날개를 크게 퍼덕이며 목소
리를 높이는 일만이 천하를 내려다 볼 수 있기 때문
이다.

인연

안양천을 걷다가 오리떼를 보면서
인연이 아니면
가까이 다가가려는 어떤 간절함도 염원도 허용치
않는다
어쩌다 눈빛이 닿으면 아예 먼 곳으로 달아난다
너와 내가 왔다 갔다 하는 것이 섞이지 않아서
수척한 구름에 비웃음 당하며
좁은 걸음으로 중심을 낮추고 조심조심 걸어도
시간의 물결에 떠밀려 흘러가고 말 섭섭한 것은
처음부터 되지 않는 것은 노력한다고 되는 것도 아닌 듯
물결이 엉키면서 오리의 날개 퍼덕이는 소리만 요
란하다
삶도 그러하나 하나의 풍경이다.

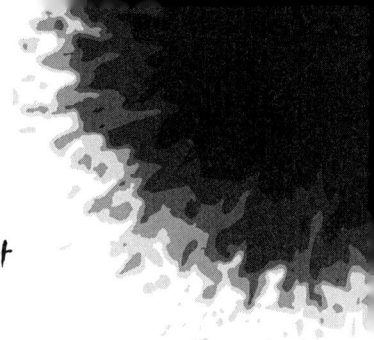

질腟이 비명을 지르다

그 여자의 질에서 불길이 일어났다
화재경보기가 요란하게 울리고
스프링클러에서 물이 세차게 뿜어 나왔지만
시뻘건 불길과 연기는 무섭게 하늘로 치솟았다
방화벽은 녹아내리고
소방차의 사이렌 소리 앞에서 밤은 환했다

뜨거운 것이 좋다는 것은
그녀의 따뜻한 몸 때문일까 차가운 마음 때문일까
쩍쩍 갈라진 붉은 하늘이
촉촉하고 말랑말랑한 땅에 빠져서, 오물오물
온몸 조이며 피를 역류시키는 사이
어둑어둑한 생의 계곡은 대폭발이다, 눈부시다.

거울 앞에서

여보, 내 얼굴에 주름살이 많아졌어.

그걸 이제 알았소.

응,

지금 나보고 장난치는 거지.

아니.

그래, 전에 입던 옷도 헐렁할 낀데.

어허, 그러네.

가시는 가시다

아름답지만 가시가 있는 사람은
상처를 준다
자신을 지키기 위해 남의 아픔에서 흘러나오는
신음 소리를 듣지 못하기 때문에
봄의 향기 같은 이야기만 늘어놓아서
창 밖에서 세찬 비바람을 몰고 온다
그래도 사무실이 눈웃음을 교환하는 것은
잔잔한 날들의 바다가 많아지는 것을 원하기 때문이다

그는 무심한 이야기도 노트에 목록별로 적는다

저 혼자 완벽하다고 큰 소리 치는 것은
완벽한 것도 따뜻하지 않으면 완벽한 것이 아니라는
걸 모르나 보다
당신을 보는 눈이 그러하다

안타깝지만 가시가 있는 사람은 멀리 있어도 가시가 있다.

선택

그녀는 맞선의 온몸에 겹겹이 붙어있는 생애를
더듬는다 지나온 시간에 거짓이 있나 없나를 가름하는
눈빛이 예리하다
목이 긴 기린처럼 멋있게 걷기 위하여

숲에서 독사와 마주쳤을 때처럼 긴장하는 순간,
선택이 자신의 생애를 꽃 피우느냐 파괴시키느냐
탑돌이로 전신을 훑고 꽉 조여서
저울의 눈금으로 오르락내리락 한다

희망의 결과를 모으기 위한 체력훈련의 땀방울 같은
끊임없는 생각의 범위가 엎치락뒤치락 하는 것은
판단의 끝을 구석으로 밀어붙여 어떻게든 성사시키려는,
여기까지 내몰린 것은 순전히 그녀의 나이 때문이다

호텔 커피숍 탁자 앞에 마주 앉은 은근한 미소도
살아갈 날들의 몫을 긴장 속에서 점검하는지
두 손으로 그녀를 움켜쥐려고 푸른 칼을 뽑아서
외투 지퍼를 올리고 그 위로 호크를 눌러 채운다

상대의 진실을 알아내는 것은 그리 쉽지 않다
좋은 결과물을 얻는 것을 운명이라고 말하기엔 무책임하지만
그녀는 상대를 읽고 나서 한 번 더 깊은 생각에 잠기는데
가슴이 울렁거려 기침을 두어 번쯤 한다.

2장

마음,
그 기억에

생의 사이렌 소리

이제 준비를 해야 한다는 말
쾅 문 닫히는 소리 뒤로
어둠에 둘러싸인 채
허깨비만 가득한 산등성이 맨땅에 털썩 주저앉아
건물마다 반짝이는 반딧불을 보는데
저미는 가슴 저 멀리
즐거운 시간 달려와 모닥불 속으로 들어가면
꿈을 키웠던 잎나무
계절 앞 낙엽처럼 소리 없이 떨어지고
가뜬한 낮잠 한 번 자지 못한 숨통을 조였던 땀방울들
눈물 흘리며
얼룩진 미래 앞에서
생을 한꺼번에 끌어안은 시간은
온통 휘어져
고요하다.

달빛도 아닌 것이

햇빛이라 해서
햇빛이라 해서
햇빛인줄 알았는데
빛을 쬐다보니
햇빛인지 달빛인지
그 빛이 그 빛이라
자세히 살펴보니
달빛이라 하여
달빛이라 하여
이번에는 이번에는 하다가
푸른 꿈만 꾸었네

아 그래서 그랬구나
어절씨구 한세상.

길을 연주하다

결재를 맡아야 할 때
계단을 오르면서 두 손을 공손하게 내밀어야 한다
결재자가 없으면
한참 기다렸다가 다시 가야 한다
때론 기안자가 결재자를 요리조리 읽으며
허리를 굽혀야 한다
이때 너무 굽히면 옆, 뒤에서 웃고
너무 세우면 앞에서 마음속에 선 하나 긋는다
결재가 끝난 뒤에도
눈웃음을 잊어서는 안된다
물론 조신하게 뒷걸음으로 몇 발짝 걸은 후
돌아서서 문을 살짝 닫고 나와야 하는 것도,
마음과 육신의 자세를 낮추어
조심
또 조심

언 강 위를 걸어가듯이.

낙엽을 보면서

낙엽이 흩날린다
바삭 바삭 부서지는 소리는 관절 쑤시는 소리다
이리저리 나뒹굴 때는 부모님 산소에서의 내 모습이다

가던 길 멈추면 출렁이는 무늬들
돌아들면 꽃길만 걸은 듯 수사壽詞들의 수다가
썩은 생선처럼 냄새를 풍기는 선명한 정적

시간이란 마침표는 어찌나 냉정한지
화사한 진달래 빛깔 몸속에 찢긴 낙엽 조각만 쌓여
푸른 계절로 돌아가는 구급차는 이미 녹슬어 있다.

눈꽃을 보면서

그대 있는 솔숲에서 멍하니 서 있습니다
아침햇살이 막 피어오르며 사방을 밝히는 시간입니다
바람에 흩날리는 그대 모습은 언제 해고당할지 모르
는 불안한 가슴처럼
한동안 머리가 띵 합니다
도시의 각박함 그 언 강 위를 건너는 삶의 터에서
얼음 깨져 무너져 내리는 소리
서늘한 기운이 차츰 나를 움츠리게 합니다
어디선가 늙은 방울나귀의 신세타령 같은 푸념이 들
립니다
아, 시간을 돌릴 수만 있다면 다시 젊은 시절로 돌아
가고 싶습니다
돌아간다면 깊은 내공을 쌓아 내가 바라는 세상에서
마침내
라일락꽃으로 피어나겠습니다
산 꿩의 날갯짓 울림에 몸 속 에너지가 춤을 춥니다

능선에서 능선으로 이어지는 새하얀 눈꽃 위에 붉은
눈꽃이 핍니다
길 따라 걷다가 잠시 딛고 선 외길이 이제야 두렵습니다.

육십대

육십대란 무엇인가?
바람이 불면 바람보다 먼저 바람이 되고
비가 내리면 비보다 먼저 비가 된다
별로 갈 곳도 없고 오라는 곳도 없다
그래서 조용하면서도 미친 듯이
자신을 잃어간다
그러면서 속으로 외친다
나는 늙지 않았다
옆에서 웃지만
무성한 지난날들을 밑그림으로 현재의 시간에 덧칠을 한다
덧칠을 한 만큼 가슴은 시리고 외롭다
이때, 허풍이나 죄는 강둑을 걷고
낱낱의 어둠을 토해 낸다
추잡하고 무거운 덩어리는 강물 속으로 가라앉는데
주변은 무관심이다

지금까지의 지식도 썩은 나무처럼 천대를 받고
그 향기는 뒷골목에서조차
부르진 이빨 틈새로 새나가서
아프면서, 눈물이 나면서, 지난날이 그립다
그럴수록 삶에 대한 애착이 진하게 다가오고
또 다른 도전의 꿈을 꾼다
하지만 잘해보라고 말하는 이 아무도 없다
조심하라고만 한다
뭔가 꺼림칙하다
몸 안의 파도를 잠재우려고 애썼으나
그 출렁거림이 너무 높다
감정보다는 이성이 앞서는 시점에서
왜 이리 휘청거릴까
생각을 키워도 답이 없다
이럴 때일수록 저녁노을이 너무 서글프다
하여, 편하게 앉을 의자를 찾는다
그렇게 무기력은 쌓이고 쌓여
죽은 듯이
창가에 비치는 햇살에, 흐르는 구름에
마음과 몸을 의탁한다
그래서 늘 가던 산책도 누군가와 함께 가고 싶어지는,

사람이 그립다
사소한 것에도 삐진다
괜히 쓸쓸해진다
마지막으로 꿈이 있다면
자식 잘 되고
본인 건강하고
다시는 돌아오지 못할 먼 여행길이라도 떠날 때면
자는 잠에 곱게 가는 것이 최고라고 간곡하게 기도한다
달리 선택할 길도 없다
가래침이 가끔 나오고 헛기침도 한다
그것이 곧 허무라는 것도 안다
신의 경지다
그러나 육십대가 아름다운 것은
여유가 있다는 것이다
누구와의 싸움에서 늘 진다는 것이다
그것도 이길 수 있는데 진다는 것이다
왜냐하면
자기주장보다는 포용이 넓기 때문이다
외모보다는 마음이 아름답기 때문이다
지식보다는 지혜가 돋보이기 때문이다
누가 힘들어하면 손을 잡아주기 때문이다

그래서 때론 고상하고 때론 엄격하고 때론 무너진다
소심하고 겁이 많아 투명한 노래를 곧잘 부르며
바람이 지나가는 의자에 앉아서 먼 산을 바라본다.

아버지 · 1

지금까지
단 한 번도
아프고 뜨겁지 않은 적이 없었다
솔직히 말해
내가 넥타이를 맬 때까지
곳간의 빗장은 풀렸고
길모퉁이에서 서성거리고 있을 때
인감도장은 눈꽃이었다
아버지
이제는
누군가 쉬어가는 느티나무입니다
내가 읊는 시는
아버지의 노래입니다
뻔뻔스럽게도 죄인이 아닌 척하면서.

아버지 · 2

아버지의 등짐 위로 어둠이 앉는다
어둠으로 나는 키가 컸다

코 골며 주무시는 모습에 너무 부끄러운 나
속으로 운다

드린 용돈이 나달나달해져 다시 내 손에 쥐어졌을 때
똑바로 아버지를 바라보지 못했다

아버지는 하늘.

추억의 단편

잠이 어둠을 뒤척이는데
떨고 있는 날 장작불에 가둔 넌
너에게 나는 무엇이며
나에게 너는 무엇인가
별빛이 창밖 나뭇가지에 걸려 애달파도
내 몸은 너의 몸 따라
불 밝히는
와삭이는 그리움
서로가 닮았으면 좋으련만.

여왕개미

사무실에서 사무실로 활발하게 움직이는 그녀를 여왕개미라고 부른다.

61세인 그녀의 손발은 거북등처럼 딱딱하다.

그런 그녀를 나는 평생 옆에서 보아왔다.

지금은 화초방의 꽃처럼 고운 시선만 받아도 될 나이건만

낙타가 사막을 지고 가듯 삶의 텃밭을 일구겠단다.

그녀는 환한 쪽만 보고, 나는 그녀의 한쪽이 내려앉을까봐 걱정이다.

그녀의 멀티스크린은 관객을 의식하지 않고 명화를 쏟아낸다.

곤히 잠자던 밤, 화장기 없는 아침, 햇살 같은 미소가 출렁거린다.

어느 날인가 성에꽃처럼 손등에서 검버섯이 피어난 것을 보고서야

어머니와 함께 먹던 청국장이 직선으로 다가왔다.

그녀는 그녀 어머니의 삶까지 살고 있다는 것을 어렴풋이 느꼈다.

잠시 그녀가 처연한데 남쪽 창으로부터 햇살이 창문을 두드린다.

창문을 여니 온갖 향기가 노복처럼 부채질을 한다.

그녀의 맨살은 꽃들로 가려지고 꽃 보러 누가 방문을 연다.

아내 · 1

하루 종일 바람이 들락날락 하는, 지나가는 새들이
가끔 똥 싸고, 얼굴 익은 날벌레들이 수시로 괴롭히는
들판에 배롱나무 한 그루 곱게도 피었구나.

나무는 아무것도 아닌 듯 한 번도 제 모습을 들어
내놓고 뽐내지 않으니, 겨울 뜰의 햇살 같은.

아내 · 2

오늘도 꽃으로 피어
꽃은 눈 넓이보다 더 넓게 피어
오랫동안 꽃이 된 여자
하늘을 닮아
하늘같은 아내.

재생

오래전에 잃어버린 맛을 기억하고파
배 한 입 베어 문다
과즙이 입 안 가득 시원하다

햇살 한 점 깨물고 꽉꽉 씹는데
바다가 출렁인다
파도 위로 누가 떠오른다

아랫목이 버린 아이는 햇살도 반겨주지 않는지
골목길은 차가웠고
눈물은 메말랐다

살아남는다는 것은
좋고 나쁨을 모른다
그는 그를 땅바닥에 내던져 버린다

먹다 만 배가 변색 된 손끝 저편에
한 번도 뵌 적 없는
부모님 얼굴이 따뜻하다.

늦은 노래

나의 삶은
비바람이 숨 가쁘게 몰아쳐도
풀잎처럼 우산을 펼치지 않는다
세상은 그런 것을 바보라고 하면서도
바보가 좋은지
늘 바람이 왔다 갔다 하고
하늘도 맑은데
날씨가 조금만 흐려도 호들갑을 떨며
전후좌우로 부지런히 살펴 나아가는
스스로 감탄하는 삶도
그 끝은 왠지 허전한 듯
또 길 나서는
네 날이나 나의 날이나
그날이 그날이더라.

낮잠

울 엄마의 품은
무쇠 같지만
소나무 관솔불처럼 뜨겁습니다
그 에너지는 아직까지 내 안에
우물을 파놓고, 두 눈이 푸르게 젖는
무성한 숲입니다
깨어보니 이십오 년 전 어머니의 체온이
그대로 녹아있는,
나는 삼십대 중반에 어머니를 잃은 죄인입니다.

첫사랑의 추억

첫눈이 내리는 날은
세상이 백합꽃이었다
영화처럼
그 긴 이야기 짧게
저무는 타향 길 같아서
내 몸이
갈증으로 타들어갈 때
눈부신 백합꽃은
찢어진 꽃잎 몇을 남기고
날개를 펴서
휙 잿빛 하늘로 날아가
다시 백합꽃 향기만
첫눈처럼 날 덮었다.

마음, 그 기억에

밖 온도보다 체열이 높다
이미 알몸이기 때문이다
꿈틀거리고 있는 몸은
서로 이름을 부르지 않는다

나뒹구는 밤의 투신은
짜릿한 비명
각혈을 하고
시간의 늪에서 두려움 없이
헤엄을 친다

우윳빛 몸을 바라본다
살 냄새가 향기로운 건
서로 부둥켜안고 풍덩 죽음으로

뛰어들 수 있기 때문이다, 다시

커튼이 젖히고 빛이 들어온다
조금씩 안정을 되찾고 있는 아침
아무도 가보지 못한 엊저녁의 길을
내일도 가고 싶고 오래오래 걷고 싶어서 또
세상은 폭설처럼 환했다.

나이가 들면 앞이 보인다

비 갠 오후 하늘로 가는 길을 걷는데 무지개가 손짓 하는 몸뚱이 앞에, 호수가 펼쳐진 청기와 집 뜰에는 꽃들이 미풍에 하늘거리고 먼저 떠나간 반가운 사람 들이 평상에 둘러앉아 한가로이 이야기를 나누고 있 다. 내가 지낼 곳이 저곳이란 말인가? 발걸음을 옮기 려는 찰라, '야 이놈아 너는 아직 이곳에 올 때가 아니 니 빨리 오던 길로 되돌아가거라.' 일갈이다. 반가운 마음은 인사도 못하고, 꿈에서 깨어나 머리를 긁적거 렸다.

정년퇴임

세상의 거름이었다는 자부심은
꽃이 되었고
앞으로 그림같이 살라 하는
제자들의 울음 섞인
선생님
선생님
그 부름에 취해서
하늘 높이 떠 있는 것 같은
벌써, 38년이 지나갔다
무수히 많은 무늬들
환희 웃는 그 자리, 앉아 있는 나는
저 생의 조용히 끓는 소리를 들으며
희뿌연 터널 끝을 걸어간다.

3장

욕망의
끝에
서서

대게의 눈물

누구에겐가 쫓기듯이
신경이 날카롭다
둘러봐도 맞설만한 상대가 없자
아예 자세를 낮춘다

그냥 보기만 하세요
제발 아랫배는 만지지 마세요
죽음의 사자인지 삶의 구원자인지
저로서는 무섭네요
잘못될까봐 겁나네요

분단장만 한 채 골방에 갇혀서
옴짝달싹 못하는 내 신세를
가련하게 봐 주세요

당신이 나를 모른 체할 때만
나는 저 찜통에 들어가지 않아도 되거든요

예민한 그는 벽지에다 혈서를 쓴다
고향이라는 노래도 부른다
감성에 호소해도 소용없다는 것을 알았는지
돌림병에 걸린 듯 입에 게거품을 흘리기도 한다
그래도 반응이 없자
쿠데타를 꿈꾸지만
그 많은 동료들은 이미 어디론가 사라진 뒤였다

남들은 고향에라도 간다지만
나는 고향으로 돌아갈 길도 없습니다
모두 들으시오
돌아갈 수만 있다면
뒤도 돌아보지 말고 빨리 돌아가시오
이곳에는 다시 오지 마시오
친절하게 가르쳐 주기도 한다

그는 오늘도 후회의 눈물을 흘린다
공부를 안했으면 부모님 말씀이라도 잘 들었어야 할 걸
누군가 필요할 땐 가출만 했고
썩은 자존심만 내세우며 죽는 줄 모르고 날뛰다가
훌쩍 여행을 떠났더니
세상은 늪이었다고.

남자도 폐경기가 있다

직장에서 잘리고 바람이 되었다
거리마다 몸을 할퀴고 들었다
피를 흘리지 않으려고
눈에 불을 켰다
어둠은 짙었고
길은 보이지 않았다
그래도 살아 있는 날들을 위해
구름을 뜯어먹고 하늘에 매달리는데
저절로 머리가 땅바닥으로 떨어져
숨어서 우는 그
찬란했던 한 때가 미소를 흘리지만
자욱한 안개
지금까지 한 번도 지나간 적이 없는 듯한
낯선 거리에서 일어서려고
가만히 신발 끈을 묶는 침묵
다시 골목길에 털썩 주저앉는다.

질투

어둠속에서 놀고 있다가
형체도 냄새도 없이
기회를 엿보며
카멜레온처럼 변신해서
단번에 일을 해치우고는
어둠에서 어둠으로
사라져 버리는

그래도 너만은 아니라는 믿음이
사지를 절단 내는
시퍼런 칼
그런저런 어느 날
날벼락 치는 소리
나중에 들리는
저 빛.

애완견

애완견은 내가 외출하는 것을 싫어한다
혼자 있기 싫어해도
나는 미소로 헤어진다
늘 같이 있는 줄로만 알았지 헤어지는 그 자체가 싫다는,
소파에 누워 귀를 현관으로 세우고
가로등이 짙은 어둠에 갇혀 옴짝달싹 못할 때까지
기다려도
내가 안 돌아올까, 의심 한 번 없는
바다보다 더 깊은 눈망울은
창문 흔들리는 소리에도 가슴을 움켜쥐고 귀를 쫑긋
세우는데
나의 밥벌이가 시간을 늘리면서부터
무거운 새벽으로 현관문을 열면
방긋 웃는다
덕지덕지 때 묻은 침대까지 나를 거부하는 데 대하여
그의 긴장했던 몸 한꺼번에 무너져 내린다

그의 가슴앓이는 오늘도 새벽별 되어
무엇부터 어떻게 해줄 수 없는 자신을 미워하다가
곤두박질치며 시간을 죽인다.

아주 어리석은 후퇴

그런데
시간이 마음의 껍질을 벗기면서
사방은 벽이다
건너야 할 다리를
스스로 끊어버린
교만도
안타깝게 현기증을 일으켜
벽을 짚고 일어섰으나
나갈 문이 없다

핸드폰 진동에 소스라치게 놀라고 나서야
그는 벽의 틈새로
종소리를 들을 수 있었다.

여행

오후가 웃을 때 느릿느릿 백사장을 거닐던 그림자
두 팔을 치켜들고 마냥 외칩니다
파도를 딛고 허공을 오를 듯이

하늘이 바다에 빠지지 않으려고 피 토하는 저녁 무렵의
광기 앞에서
느긋하게
죽은 물고기를 걷어내고 있습니다.

실연

핏자국이 낭자한 증표가 돌아왔다
같이 쌓았던 탑은 송두리째 무너지고
포도주 잔 부딪치는 소리
오솔길에서 속삭이는 바람
소나기로 내린다
외줄로 치솟는 반성
며칠째 방문을 꼭 닫았다
밤하늘에 별처럼 총총히 박힌 언어들
유성이 된 채
일직선으로 떨어진 벌판
파르르 떨고 있는 운석 하나
양끝을 잡고 살펴보아도
다시 별이 될 수 없는
운석, 다 타버린 시커먼 돌멩이.

첫사랑, 아직도 가끔 향기가 진동한다

하얗게 말라버린 가슴에서
가끔 장아떼 향기가 유령처럼
솟아오른다
유황냄새 지독한 꽃길을
무작정 따라가 본 적 있는
그 길은 왜 그리 험한지,
돌산에 쓰러진 연인의 얼굴은 창백했고
곧 산사태에 묻혀버려
나는 기도만 하고 있는,
무덤 속 비밀의 관은 열리지 않고
무수한 흉터만 길게 늘어서서
푸른 시절 가슴을 가로질러
흰 구름 한 조각 흘러가면
내 몸에서 연인이 살아나온다
슬픔 하나가 피를 흘린다.

낙화

그 여자는 사냥꾼이다
젖은 눈으로
바다에서 물장구를 친다
파도를 품에 안을 때마다 포말이 생긴다
백사장을 따라 섬광처럼 터져 나오는 알 수 없는 소리
해송은 귀를 쫑긋 세우고
낮과 밤이 휘어지는 소리를 훔친다

그 여자는 파도를 계속해서 흔들어
떨리는 자신의 몸을 훑어본다
향기 없는 조화에 실금이 많다
여자는 그 바다에서 빠져나오려고 안간힘을 썼지만
그럴수록 바다 속으로 빠르게 빨려 들어간다
심해에서 아귀와 이야기를 나눌 때마다
깊이 잠들고 싶어진다

박제된 빛과 그림자만 있는 봉오리에
퉁퉁 부어오른 남성의 발기가 나사처럼 박힐 때
시도 때도 없이 무너뜨린 전사로 살아온
향긋함이
슬픔으로 세수를 하고 나면
어느새 주인 없는 묘비처럼 서 있는 자신
을 향해 삿대질을 했다, 개 짖는 소리로.

네 미소에서 난

 캄캄한 날을 기억하지 않으면 그런 날이 되풀이 된
다는 것을
 넌 아니라고 우겼다

추문이 일어났을 때
미소로 마음을 숨기고, 달변으로 과거를 지워
깃털만 날아다니게 하다가
몸빛에 교묘히 상처를 내서
시궁창에서 빠져나오는 것이다
그래도 빛이 보이지 않을 때
오직 자신을 지키는 방패와 칼로
더러운 전쟁을 일으켜
한바탕 꿈의 정당성을 부르짖는 것이다

거울에 비친 네 모습이
내 눈에 괜찮아 보인다면 난 뭐냐.

마음속의 여자

나의 사랑은 온통 절망뿐이었다
내가 말했던 모든 말은 말이 아니었고
내가 찾았던 모든 빛은 빛이 아니었다
가슴은 미친 듯이 뛰었다
네가 수시로 내 가슴속에 들어와
획 지나가고
난 네가 간 길을 따라 걷다가 길을 잃고
치솟는 마음을 죽이려고 휘파람을 불었으나
그리움만 쌓여
휘파람 소리는 입 밖으로 나오지 않았다.

상추의 겨울

어렸을 적부터 혼자인 줄 알고 저녁이면 별과 대화를
나누었다
누군가 날 노리는 듯 6월의 붉은 햇살이 버거운 어느 날
잡초가 싸움을 걸어왔다
괜히 가슴에 핑그르르 설움이 돌았으나
함께 생활하기로 하고 살림을 꾸렸다
해와 달이 바뀌고 잡초는 무성하게 생활의 범위를 넓
혀나갔다
도리어 내가 몸 기대고 살아야 한다는 것을 알았을 땐
이미 난 너무 작아 있었고 몹시 휘청거렸다
잡초에게 뭔가를 빼앗긴다는 생각이 드는 것은
지난 일들과 무관하지 않다는 것이 순식간에 지나가고,
누가 물을 뿌린다 그 시원함으로 종일 노래를 부르는데
잡초 울어대는 소리에 놀라 허둥지둥 몸을 숨기려는
찰나, 나의 사지는 이미 잘려나가고 있었다
순간 잃어버린 한 목숨에게

아무 일도 없었다는 듯 상추밭은 너무나 조용했다
정복자의 발자국만 어지럽게 널려있어 그때를 말할 뿐.

수능시험

천상으로 가는 길인 줄 알고
엔진을 늘 켜놓고 있다
튕겨져 나가려는 밸브를 꼭 잡고
긴장하며 땀 흘리는 어린 손
밤새운 낱말을 쏟아내었는데
세상이란 그물은 너무 촘촘해
덫에 걸린 눈물
꽃 피우는 네 꿈 위로
바람 한 줄기
하늘빛으로 비스듬히 지나간다.

상가喪家에서

상가喪家에 가면 왠지 바람이 분다
바람이 지나가는 자리에는 바람뿐이건만
무엇인가 가슴에 선 하나 긋는다
선 하나가 큰 구멍일수도 있다는 생각에
움칠하며 문을 나서는데
세상으로 메워진다
메워진 것들은 하나같이 몸집을 불려나갔다
거대한 은하계 같다
버스가 털컹거리고,
구멍을 정류장에 내려놓으려고 하는데
눈치도 없는 버스는 앞으로만 달린다
달릴 수밖에 없다는 것은
살아남은 것들은 누군가와 싸워야 한다는 것이다.

새는 날 때 다리를 감춘다

새가 날개를 퍼덕이며
가고 싶은 곳으로 가기 위하여
물 위로 날아오른다

잠자는 천국을 기웃거리는 듯
노을빛으로 물든 하늘 속으로
반점으로 다가가더니 갑자기 분해된다

펄럭이며 떨어지는 주민등록증
용도가 진화중인 인식표는
바람소리에도 놀라 몸 비트는,

한 발자국 또 한 발자국 조심스럽게 떼어놓을 수밖
에 없는
위험한 시대의 우리
애들아, 도대체 안전장치가 뭐냐

오늘도 새는 다리를 감추고 날고 있다.

소 싸 움

황소의 눈빛이 매섭다
두 눈 부릅뜬 채 상대 몸을 밀치고 있을 때
그때 모래 터에는 햇볕이 내리쬐고 있었다

이 대낮에 저 많은 관심이여
관심의 탄성이여
탄성의 쏠림 현상이여

그것은 편 가르기

쓰러지면 모래바닥 일어서면 등극이어서
만신창이가 되어서도 뿔을 세운다.

휴지통

모든 것을 다 안고 살련다

통째로 구겨졌다가
갈기갈기 찢겨진 채로
버려진 것들 중에서
아직 쓸 만한 것이
누군가에게 다시 수집되었을 때
폭탄 터지듯
휴지는 세상을 벌컥 뒤집어 놓았다

불 꺼진 창문, 어둠의 빛들마저
여기저기 모여 웅성거렸다

휴지통은 끝까지 침묵했지만
세상은 휴지통을 비웃었다.

양철 지붕에 떨어지는 소나기는
숨을 쉬지 못한다

소나기를 맞으려고 문을 나선다.

종일 피부가 찢겨지도록 걸은 구두. 자신에게 언제나 못된 심보만 굴리던 발, 절룩거리는 발의 상처를 치료해서 방으로 들여보내고 툇마루에 잠시 덩그러니 앉았다가 신발장 안으로 들어간다. 신발장에는 입술을 뾰족하게 내민 대못이 험악한 욕을 내뱉고 있다. 녹이 슬어 터져버린 살가죽을 꿰매면서.

비틀거리던 구두는 허공을 응시한다. 하루하루의 피멍을 참아내며 자신을 윤기가 자르르 흐르게 닦는다.

아직 주저앉을 때가 아닌데도 믿었던 사람으로부터 버려진 것에 대하여, 삭이지 못하는 분노를 따라 검은 구름이 흩어졌다 모인다. 하늘빛도 차츰 캄캄해신다.

한 때 달콤한 입술과 감미로운 눈빛은, 차가운 등짝만
보이며 안개 속으로 사라졌기 때문이다.

쓰레기더미에는 아예 이불이 없다. 핏자국이 낭자
한 침대보만 싸늘하게 눈알을 굴리며 옆자리에 누가
올까봐 허공을 뜯어내고 있다.

길목마다 붉은 낙서가 가득하다. 자신이 자신을 단
단히 틀어쥐고 있지 못할 때 눈 쌓인 산길에서 짐승처
럼 울부짖을 수밖에, 그리하여 눈물샘이 다 말라버린
고독에 익숙하면 슬픔이 폭풍처럼 몰려와도, 아픔이
피를 토해도, 분노가 토네이도를 일으켜도, 그것은 사
치일 뿐이다. 이것이 지나가는 소나기가 두 눈을 벌겋
게 뜨고 발작하는 이유다.

조화

그는 붙박여 있으면서도
은근하게 빛을 뿌리며
젊은 숨을 쉰다
생명의 근원지는 사람의 손이다
거실을 따뜻하게 만들고
잃어버린 꿈에게 불을 켜 준다
가지에 그림이 있는 향기를 매달아 놓고
환자의 가슴에 칼을 들이대고는
병든 하루하루를 일어나게 한다
누가 꽃이 아니라고 할까봐
나비와 새소리도 불러 모은다
숨통은 도자기에 맡겨놓고
한 번도 타락한 적 없이, 풍요로운 여백이어서
누군가의 이름을 부르는
푸른 세상을 만드는 요술쟁이
이따금 냉정한 미소를 흘리기는 하지만

손이 닿을 때면 압사당하지 않으려고
눈을 동그랗게 뜨고 영정처럼 비명이다
제 몸이 신선일 줄 알았을까
아직도 남아있는 불씨를 환하게 지핀다.

눈물 나는 이야기

몸 속 깊은 곳에 숨겨 놓았던
시퍼런 칼날 같은 아픔이
죽음의 소리로 울려 퍼져서
힘겹게 저 세상 속으로 걸어갈 때
참고 있던 네 마른 눈물이 뚝뚝 떨어져
병실 침상을 다 적시고
투명한 고드름으로 우두둑 부러져
그 소리에 놀란 숲들이
상고대로 피어나서
햇살과 만나 잠시 반짝 빛나다가
어느 순간 공중으로 확 사라지는.

독거노인

변덕스러운 날씨에 계절이 어리둥절해도
저 집은 고요하다
누가 문을 열어줄 때만
그는 눈을 치켜 뜰 뿐
깊은 계곡의 스산한 바람처럼 숨을 쉬며
도망간 아들같이 처마에 매달려 있는 고드름 사이로
저녁노을을 바라보다가
찬바람에 옷깃을 여민다
목쉰 기침소리를 무겁고 가늘게 내뿜어, 숨 막혀
아무리 살펴봐도 등 흰 진눈깨비만 내리는
무덤 같은 곳
그는 무슨 그림을 그리고 있을까.

밑밥

낚시를 할 때 숨은 물고기를 꾀어내기 위해서
미끼를 던지는데
먹이를 본 물고기는
나름대로 머리를 굴리다가 낚싯밥에 걸려들어
마침내 최후의 시간을 앞당깁니다
미끼를 사용해서 먹이를 찾아내는 것을
미끼가 먹이가 된다는 것에 대하여
이 세상의 누구도 손가락질을 하지 않습니다
이미 보편화된 방법은 정당성이 뒷받침되었기 때문입니다
그러한 정당성은 오늘도
깨끗하고 올곧은 성품으로 포장을 하고
어느 곳에서나 가장 떳떳한 신뢰로 나타나서
근사한 휘언譁言으로
도덕을 말하고
윤리를 말하고
봉사를 말하고

참을 말하고
아무도 모르게 실리를 찾아 자꾸 속으로 바스락거리는,
자신이 자신에게 행하는 채찍은
자신이 허구의 실체라는 것을 잘 알면서 태연히
낚시를 하기 위해 지금 밑밥을 던집니다.

욕망의 끝에 서서

희망을 다잡아
신발 끈을 조여매고
수평을 잃어가며
연어가 알을 낳듯이
혹독한 날들의
긴 여정에 마침표를 찍고
꽹과리 장구소리에 묻혀
맑고 눈부신 하루하루
수척한 몸이 곪아서
아무도 모르게 우는 봄날
꽃그늘에 앉아보니
스스로 독을 품은 지난 세월이
원귀처럼 울어
아, 걸레 같은 봄빛이여.

4장

그
겨울바다에서

석굴암 본존불상이 침묵하는 뜻은

이곳은 수천 년 전부터 휘도는 바람의 구멍
서릿발 자리엔 종소리 은은하다

부모님께 썩은 언어 날리는 이 땅의 자식들아
그 바람을 다 어찌하려고
울음 터뜨리며 반성하는 척 표정관리 하지 마라
곧추 선 효도의 한숨소리 들리지 않느냐
그래도 봄은 오겠지만

나는
너에게서 단 한 번도 돌아누운 적이 없다
죄 있는 놈이나 죄 없다고 생각하는 놈에게
합장배례 때의 그 마음 휘어지지 않도록
함박눈 덮이는 너의 가슴 속으로
김대성金大城이를 보여주지 않았느냐

한 소망이 또 한 소망에게 기대는 것에 대하여
산울림이 쩌렁쩌렁하다.

향일암

검푸른 해면 위
낯선 빛 그 뻗침에
세상이 모여든다
문이 열리고
빛 쐰 몸
빛 뿌려
물씬 풍기는
연꽃 향기
시름은 사라지고
몸은 환하다.

풍경

푸르던 나뭇잎들이
차가운 계절 앞에서
바람에 떨며
흩날리니
산은
어쩔 수 없이 벌거벗고
석양마저 산 그림자를 길게 드리워
날짐승도
길을 잃은 듯
날개를 수백 번 퍼덕거려도
어스름에 묻히고야마는

오, 새벽을 기다리는
저 소리.

6월

짝사랑을 우연히 만나 바다를 건넜나
조각난 이파리가 한데 모여
풀어놓은 짙푸른 미소
어둠을 벗겨내고,
타오르는 붉은 입술

왁자지껄한 저녁이 가로등을 밝히고
묵은 체증이 일제히 눈사태를 일으켜
보름달이 떠올라도 아무도 몰랐다

멀리서 파도 소리가 달려온다.

운판

배부른 대중은 날개 달린 새가 되고
새는 하늘빛이다.

강구 항구

바다 속 세상이 벌거벗고 나다닌다. 뭍을 헤매던 발
자국은 뒤꿈치가 닳도록 들락날락거리며 지폐를 던져
놓는다. 칼바람이 지나가는 곳마다 선혈이 낭자하고
소문으로만 떠돌던 바다의 반란은 깃발을 높이 올리
는데, 한번 펄럭이지도 못하고 비스듬히 쓰러진 깃발,
배앓이를 앓고 있는 사람들을 안으로 끌어들인다. 항
구는 번창해지고 대게만 죽어가는.

개심사 가는 길

  충남 서산시 운산면 신창리 상왕산 개심사 가는 길,
산골짝 얼음물이 흥건한 땀방울 닦아주는 날빛이 휘
청거리는 오전, 매미의 노래는 숲을 흔들고, 숲은 매
미를 이해하는 듯 여름을 긁는 바람을 외면하려 하지
만, 바람은 오히려 산골짜기 돌부리까지 사정없이 발
가벗기고 나뭇잎으로 그 흔적을 덮어 가는데, 대숲과
적송의 독경소리 더 높아 되돌아 선 바람.

대둔산

　당신을 살며시 만져봅니다. 언젠가 당신이 날 구속했던 날처럼 이번에는 제가 당신을 구속하려 합니다. 이젠 좀 쉬어도 됩니다. 지친 당신을 제가 보호해 드리겠습니다. 저 수많은 발자국과 철계단, 구름다리 위에서의 굴림 놀이는, 세상을 잊어버리게 하면서도 다시 세상으로 되돌아 갈 수 있도록 하는 배려에 대하여 뻔뻔함으로 얼룩진 철부지들, 차마 눈뜨고 더 이상 바라볼 수가 없습니다. 그러나 몹시 떨립니다. 처음 당신이 날 구속했던 날처럼.

월영대

　달빛이 춤을 추는 곳, 추다가 신이 나면 한 손은 낙하 하는 물줄기를, 한 손은 너럭바위를 번쩍 쳐들고 공중부양을 하는 곳. 실바람 한 줄기로 흔들리는 나뭇잎에 다람쥐 화들짝 놀라 도망치는 숲. 느닷없이 시름은 사라진다. 소쩍새의 지휘봉에 별빛 조명이 꽃망울을 터뜨리면 풀벌레의 합창은 달빛 무대에서 떠났던 연인이 돌아왔을 때처럼 쾅 문을 연다. 날이 밝는다. 낮달이 웃는다. 휴대전화는 꺼놓고 있었다.

안양천의 그 겨울밤

내리막길에 미끄러지지 않으려고
오밤중에
안양천을 걷는데
말라비틀어진 풀잎향기 속으로
자전거 페달을 힘차게 밟는 젊은 행렬이
햇살 같아
대낮인줄 알았네.

베르사유 궁전에서

　잠깐 스치는 인연으로 너의 전체를 취하려고 한 적
이 있다
　너는 개선장군처럼 턱 버티고 서서 전신에서 광채
를 쏘아내고 있다
　세밀하게 훑어보았지만 궁금증만 더해갔다
　바람은 그렇게 스치고 또 스쳤것다
　그러나 너는 여전히 순한 소처럼 되새김질만 하고 있다.

지금, 프라하는

고풍스러워라, 카렐교여 천문시계여
뱀처럼 허물을 벗었구나

시간과 완강하게 대치한 채
빛살을 뿌리며 눈을 부릅뜨고 있구나

아무런 설명은 없지만
그 끝은 북소리
선 넘고 강 건너 퍼지는 저 울림

갓 구워낸 빵과 흑맥주를 마시며
중세의 어느 길목에서
한 번도 본 적 없는 너의 손을 덥석 잡는다.

퓌센 호수

태초의 플러그가 연결된
달구지 바퀴살이 느릿느릿 굴러가고
이름 모를 꽃들은 셋방을 옮겨 다니며
세태를 이야기 하는 곳
어린아이는 길가에서 갈지자로 오줌을 눈다
십자가가 없는 유일한 곳인가
소년의 맑은 미소 위로
소낙비 한 줄기 세차게 내린다
젖을 옷도 없는 소년의 발걸음은
파문이 일고
알프스는 거꾸로 서서 춤을 춘다
달콤한 향기가 코끝에 앉는다
넋 잃은 저녁노을도
붉은 포도주로 건배를 제의한다
저마다 마음꽃 한 다발씩 주고받는
시간이 비껴간 자리.

푸지나 Fusina 풍경

해맑은 어느 아침, 아드리아 연안 푸지나* 나무다리 위에 섰다. 보이는 것들은 모두 반겼다. 왜 말이 없느냐 물었더니, 의심스럽겠지만 실로 오래전에 헤어졌던 절친한 소꿉친구인데 무슨 말이 필요하냐며 덥석 껴안는다. 체온은 따뜻했다. 눈빛도 강렬했다. 어느새 품속에는 그림 한 점 화들짝 들어와 있었다.

* 푸지나 : 베네치아 맞은편에 있는 캠프장.

이체ICE

칸 속에 칸이 또 있다
칸의 의자와 칸 속의 의자를 손가락으로 살짝 만져본다
엉덩이로 의자를 쿵쿵 구르다가
등을 기대고 앞으로 당기고 뒤로 밀어본다
이 좌석에 지정된 승객이 오면 어떡하나 가슴 졸이며
손바닥을 움켜쥐었다 펴다가
가상표를 꽉꽉 구겨
차창 밖으로 휙 내던져버리는데
낯선 풍경이 달려든다
덥석 껴안으니
카메라 플래시가 터진다
어둠도 자연 앞에서는 경배를 하는지
야경이란 이름은 별처럼 반짝이는
중세다
칼과 방패가 지배하는,
나는 영원한 이방인이 되지 않기 위하여

큰 기침을 한다
공기가 갑자기 탁하다
밤도 낮인, 낮도 밤인 곳에서
승무원에게 지도를 펼쳐 보이며
길을 묻는다.

보스포루스 해협

금지된 땅을 밟았을 때처럼
가슴이 소요 속으로 달려간다
아시아와 유럽이 어깨를 맞대며
흑해와 마르마라 해를 연결하는 푸른 물결이
옆구리를 쿡 찌르는,

별개의 역사로 자리한 저 시간의 갈피
죽지 않는 삶은
고요히 입은 다물었으나
빛으로
말을 건넨다

해협 성루에는 승리의 깃발이 나부끼고
장터에는 삶이 들끓어
봄, 연둣빛 같은
또 한 골목길로 접어들어도
새떼가 날개에 꽃물을 들이고 있다

아직 끝나지 않은 영광
어디선가 불쑥 나타나 눈알을 부라리며
낯선 섬광처럼
휘황찬란한 세상을 호령하는
오스만튀르크 제국.

김해진
- 침묵하는 다수의 행복을 위하는 빛에게

신기루인가 무지개인가
저 빛은
누구를 따뜻하게 하려고
언제 적부터 떨고 있나

뒤쪽에 있는 것들이 앞쪽에 서서
외친다, 나도 일어섰다
오늘이 활짝 웃는다
누가 그 높이와 넓이와 깊이를 잰다

희망을 열고 있는 세상

뒷골목도 큰 길도
제 빛으로 환하게 일어서서
꽃 피우며 열매 맺는다

스치는 바람결에도 인사한다.

고향집

은행나무 가지에 새순이 돋아납니다
은행이 주렁주렁 달립니다
파랗게 물든 잎이 노랗게 그리움을 토해낼 즈음
어머니는
가을바람에 몸뚱이를 맡겨놓고
마지막 가는 길에 지독한 냄새를 뿌립니다
필사적으로 혼자 떠나기 위해
그 먼 길을

이 세상 다 비추는 태양을 바라봅니다
몽실몽실 피어오르는 하얀 구름을 바라봅니다
주룩주룩 내리는 빗물을 바라봅니다
유난히 밝은 별빛을 바라봅니다

가을이 오면
왠지 몸이 자꾸 달아오릅니다
내가 왜 가을바람을 싫어하는지, 혹시 아시나요
……
어머니를 모셔간 바람이거든요
그래서 난 늘 가을바람엔 허출하답니다.

함성

오늘도 그날처럼
산 너머에서 소리가 들려와
골목마다 귀 기울이는 바람들
맑은 목소리로 소곤거리는
그 중심에서 회오리바람 일더니
길에서 길로 이어져
천지를 삼킬 듯이 세상을 뒤흔들어
그림자만 남아있는 북서풍
하나하나 사라지고,
삼일절 기념식은
새로운 꽃을 피워야 하는 마음에
몸이 부서지도록 밤을 밝혀도
한때의 기억에 뒤덮여 어둑어둑해
잎 떨어진 가로수만 하늘로 길을 낸다

누군가 분명 건네주고 건네받는
광활한 저 바람소리
제 혼을 활활 태우며
대대손손 이어질 것이다
저마다 웃음꽃 터뜨리며
바다로 나아갈 것이다
이 이야기들은 필시
대지大地 밖에서 줄기차게 뿌리를 내려
우주의 양지바른 곳에서
잘 생긴 청춘으로
일제히 만세를 외치고 있을 것이다

결코 잊지 못할 그 자리에 머물렀던 시간들.

그 겨울바다에서

검은 바다가 썰물로 지는데
파도 소리도 들리지 않는 수평선
고요를 깨뜨리는
어부의 눈가에서 굴러 떨어지는 눈물 줄기
밀려온 기름 떼에 파묻히다가
웅성거리는 횃불로 힘겹게 일어나지만
폐허의 터전
하염없이 뒤척이는 공포는
어쩔 수 없는 하루하루에 발가벗기고
가던 길 가려고 해도
눈가에 박혀있던 길은 사라지고
멈칫하는 사이
지나온 길마저 아득아득해, 되돌아 갈수도 없어
함박눈이 펑펑 쏟아지는 검은 바닷가에서
오스스 떨다가 바라보는 죽음의 공간
그래도 뭔가를 찾아야 한다는 지난날의 기억에 쫓겨
온몸으로 어둠을 걷어내는데
낮달만 어렴풋이 미소를 흘린다.

설날

환한 조상 앞에
밥상머리가 왁자지껄 하다

세상의 욕심을 버려야
웃는 얼굴이지, 그렇게만 되면 우리도
복 받는 거야

사는 게 다 그렇지 뭐, 하지만
우리 형제가 남아 있는 정을 키울 때
아랫것들도 따라하는 것이 아니겠어

최소한 일 년에 한번쯤은 명절이 아니래도 모이고
부모님 산소도 둘러보자
그래야 자식 된 도리를 다 하는 것 아니냐

이 시간을 지나가는 말은 안타깝다
안타까운 건 말 뿐이어서 그럴까
웅크리고 있는 생각들이 눈부시게 피었다

입이 지나간 자리로
길 하나가 생겼다.

숭례문의 부활을 꿈꾸며

당신의 따뜻한 미소가 불길에 휩싸여
다시는 깨어나지 못할 죽음 앞에서
깜짝 놀란 저녁입니다
어떤 위로가 가슴을 어루만진다 해도
우리의 충혈 된 두 눈은
외로이 날아다닐 것입니다
어처구니없어서 너무나 어처구니없어서
몸이 끓으면서 끓어오르는 분노가 부풀어
온몸의 뼈가 다 부서져
이젠 아무소리도 들리지 않습니다
그동안 높은 아주 높은 이상으로
갈등 없는 나날을 밝히시며
이 땅을 육백년이나 당당하게 지켜낸 이름
변덕이 심하여 당신의 육신을 파괴하는 이 시대에게
불칼을 맞으시고도 허허 웃으시는,
너무 가까이 있어 우리의 일부가 되어버린 당신

이 시대의 오만과 이기심에 오열을 할만도 하지요
이제 저 어둡고 차가운 땅속에서 얼마를 더 계실 예
정인가요
마그마가 몇 번인가 지표를 뚫고 솟아오르고
사람과 동물과 우주인이 통역 없이 이야기를 나누는
그 때까지 모습을 보이지 않을 건가요
그래서는 안 됩니다
우리는 해맑게 깨어있는 당신의 영혼을 기다립니다
비록 우리의 얼룩진 모습이 휘어지고 날카롭다 해도
못나고 어리석은 이 시대를 미친 시대라고 웃으시며
서운함을 훌훌 털고 푸른 색소폰으로 아름다운 노
래를 불러주세요
우리의 삶이 하늘을 날도록
당신의 목소리로 기적을 보여주세요.

노을

기척 없이 다가와 언저리에서부터 닮아가며
오랜 시간 신뢰를 딛고 쌓은 정이 하도 깊어서
마주치면 뜨거워서 식혀야 하는 황홀한 빛깔
자꾸 목이 말라
서녘 하늘에 진홍 피 뿌리며
목숨 던지는,
미래까지 희망으로 부풀어
가야할 길을 비단으로 수놓으며
잠시라도 떨어져 있으면 가슴 저미는
끓는 신음 소리
서로에게 소중히 스며들어
희열로 넘치는 웃음과 눈물바다
잠시 하늘에 벌거벗고 드러누운, 아름다운 풍경.

소나무

별빛 쏟아지는 그믐밤의 불꽃놀이 여기저기
황홀해, 저만치 서 있는 생생한 기억 쏟아지는 사이
활짝 웃는 내 얼굴, 바다 같은 침엽수림을 지나
지평선을 걷는 통증
그렇게 오래도록 간절히 쌓은 탑이
타오르는 빛과 갈증의 시간 속으로 사라진 데 대하여
쫓아간 시간들이 산등성이 소나무 가지에 초라하게
매달려
솔잎처럼 날 콕콕 찔러서
솔잎 향이 도는 네 미소를 품고 있는 난 아무래도.

서평

채광의 시학

신재훈 (문학평론가)

1. 희망에 이르는 길

모든 시는 희망의 노래이다. 그것은 시인이 누구보다도 재빠르게 현실의 기미를 포착하고 누구보다도 민감하게 세계에 반응하기 때문이다. 그래서 모든 시는 절망의 노래이기도 하다. 시인의 현실인식이란 완고한 세상의 벽과 불합리한 억압의 발견에 뿌리를 두고 있기 때문이다.

그러나 부정적 현실에 대한 인식이 곧 절망의 노래가 되는 것은 아니며 더더욱 희망의 노래가 되는 것은 아니다. 인식이 노래가 되기 위해선 공감과 감동이 필요하다. 절망의 노래는 시인과 독자의 현실에 대한 유사한 느낌과 이해를 기반으로 한다. 독자들은 자신들의 일상생활에서 경험한 모호한 느낌과 애매한 현상을 시에서 발견할 때 공감한다. 희망의 노래는 시인과 독자의 현실에 대한 적극적 대응을 기반으로 한다. 독자들은 완고한 세상의 벽과 불합리한 억압으로부터 벗어나 앞으로 나아갈 수 있는 새로운 길을 시에서 발견할 때 감동한다.

시인은 이러한 공감과 감동을 이끌어내는 존재이다. 그러기 위해서 시인은 독자들의 현실에 대한 모호하고 애매한 느낌과 현상을 명쾌한 전달의 언어로 직조해내야 하며, 얼키설키 얽혀 있는 혼돈으로부터 더듬더듬 걸어갈 지라도 올곧은 직선의 길로 이끄는 안내자가 되어야 한다. 이렇듯 시인은 구도자인 것이다. 그런데 구도란 도를 얻은 것이 아니라 도를 얻고자 하는 것이다. 다시 말해 시인은 끊임없이 거듭거듭 진행형 구도의 길을 가는 존재이다. 이 진행형으로부터 시인은 일상인 생활과 만나고 일상을 살아가는 우리들과 만난다.

나의 유년은
부모님의 미소로 짐승의 허물을 벗으며

겨울 강을 건넜다
청년이 되어서도 가끔 놈으로만 통하는
개망초 길섶에 넘어지던 날
저무는 해를 바라보며 눈물 흘리는,
가다 서다를 반복하는 막다른 골목길
콘크리트 틈새를 뚫고 피어난 민들레로
내 어둠을 마지막으로 퍼내고 있을 때
거쳐 온 길 위의 험악한 날들의 비명이
모스부호로 목덜미를 낚아채, 땅바닥에 주저앉아
서러워서 온몸에 핀 꽃

세상의 그물에 던져진 '시' 여.

〈내가 나를 말하다〉 전문

　시인은 우리와 같다. 부모의 따스한 축복 속에 태어나서 어
린 시절을 보내고, 청년의 열정 속에 세상과 불화하고 눈물 흘
리기도 하며, 가다 서다를 반복하는 일상 속에서 간혹 희망을
보기도 하지만, 단단한 세상의 벽에 가로막혀 땅바닥에 주저
앉는다. 시인에게 답을 알 수 없는 모스부호 같은 거듭된 의문
들이 스쳐 지나간다. "산다는 것은 무엇이지, 살아온 날들의
고통이란 무엇이지,……" 시인은 그러한 거듭된 의문들이 서
럽고 그러한 의문들에 답할 수 없는 것이 서럽다. 시인은 그

서러움을 '서러워서 온몸에 핀 꽃'이라는 언어로 직조한다. '온몸'에 방점을 둘 때 '꽃'은 '소름'으로 읽힐 수 있으며, '꽃(결정체)'에 방점을 둘 때 '온몸'은 '전적全的'으로 읽힐 수 있다. 시인에게 살아온 날들의 비명은 온몸에 소름을 돋게 하는 고통이며, 그것은 알 수 없는 서러움이라는 성찰이다. 그래서 시인은 시를 "세상의 그물에 던져진 '시'여"라고 규정하며 우리와 함께 하는 진행형 구도의 길을 제시한다.

그런데 "세상의 그물에 던져진 '시'여"라는 성찰적 언어에는 두 가지의 의미가 얽혀 있다. 우선 절망의 노래로서 '시'가 얼키설키 뒤죽박죽인 세상의 촘촘한 그물에 던져져 있다는 의미이다. 그러면 시는 촘촘한 그물의 올을 하나하나 훑어가는 고통의 언어이자 절망의 노래가 된다. 또 하나는 희망의 노래로서 '시'가 얼키설키 뒤죽박죽인 세상에 던져진 그물이라는 의미이다. 그러면 시는 촘촘한 그물의 올을 하나하나 풀어가는 해방의 언어이자 희망의 노래가 된다. 이렇게 두 가지의 의미가 뒤섞여 있는 것은 시인의 현실인식에서 기인한다. 시인에게 확실한 현실이란 자신이 경험한 지나온 과거이다. "거쳐 온 길 위의 날들의 비명"이다. 시인의 현실인식은 '어둠'을 마지막까지 퍼내야 하는 비명이 낭자한 고통일 뿐이다. 그런데 그 고통은 거기에서 멈추는 것이 아니라 알 수 없는 '모스부호'로 시도 때도 없이 시인의 "목덜미를 낚아챈"다. 시인에게 삶이란 고통일 뿐이라는 것을 인정하라는 경고이기도 하고 고통이 무엇인지 파헤치라는 계시이기도 하다.

2. 정직한 몸의 발견

> 그래서 그의 이름은 꽃인가
> 그런 그의 삶은 죽음 이후까지
> 세상에 푸른 바람을 불게 한다
> 계시인가 경고인가 사뭇 궁금하다.
>
> 〈꽃은 꽃이라 말하지 않는다〉에서

꽃은 "(바람에) 흔들면 흔들수록 밝아"지고 "(사람들에게) 뜯기고 꺾여도 하루하루를 밝"힌다. 이러한 꽃의 속성은 '한때'의 깨달음이 아니라 삶 '전반'을 관류하는 속성이다. 시인은 그것을 "천성이 그런 것일까"라고 은근히 규정한다. 이러한 천성으로부터 꽃의 삶은 죽음 이후까지 세상에 푸른 바람을 불게 한다. 그런데 시인에겐 그것이 다시 "계시인가 경고인가 사뭇 궁금하다" 했다.

시인의 지나온 과거는 흔들리고 뜯기고 꺾이는 꽃과 같은 고통의 현실이다. 꽃이 죽음 이후에도 세상에 푸른 바람을 불게 한다면 과거의 고통은 현재의 희망이 될 수 있어야 한다. 그런데 그것이 가능할까. 시인은 그 가능성이 사뭇 궁금하다. 꽃의 천성을 닮으면 현재의 희망이 가능하다는 교훈적 계시인가. 아니면 희망은 불가능하다는 경고인가.

시인이 이러한 인식의 단계에 도달한 것은 현실의 거듭된 배반과 위반 때문이다. 고통을 느낀다고 해서 쉽게 희망을 선취할 수는 없다. 절망을 희망으로 이끌기 위해선 주체의 희생이 있어야 한다. 이제껏 시인들은 이러한 절망을 주체의 희생으로 받아들이는 희생의 시학을 통해 희망에 도달하는 도덕적 견결성을 제시하였다. 그러나 그것은 완결형 구도이다. 시인은 빛나는 외로운 도덕주의자가 될 수는 있을지언정 '우리네 삶'의 흥건한 노랫가락을 대변할 수는 없다. 꽃은 흔들리고 뜯기고 꺾이는 희생을 통해 푸른 바람을 불게 하는 천성으로서의 꽃이라고 자신을 말하지 않는다. 그것은 시인을 둘러싼 시인의 현실이 배반과 위반을 일삼기 때문이다. 절망을 과장한 자기 위안과 쉽게 받아들인 희생을 통한 거짓 희망의 세계는 너무 쉽게 시를 쓰게 하며 너무 쉽게 시를 소비하게 한다. 그러한 생산과 소비의 메커니즘은 시에 대한 우리의 공감과 감동을 겹으로 봉쇄한다.

시인은 다르게 절망하고 '싶고', 다르게 희망하고 '싶다.' 우리의 시인은 자신이 처한 현실로 다시 돌아와서 시작을 꿈꾼다.

몸은 냉정하다
내가 몸을 가꿀 때 몸은 단단해진다
내가 몸을 버려두면 몸은 물렁해진다

몸은 나에게 어떤 말도 하지 않는다

느낌만 줄 뿐이다

느낌이 왔을 때

나와 몸은 이미 어느 정도 거리가 있다

먼 거리에 있을 때

나는 비바람과 싸워야 한다

가까운 거리에 있을 때

나는 희망을 가질 수 있다.

〈가꾸는 몸은 아름답다〉에서

시인이 다시 돌아와서 발견한 것은 '몸'이다. 시인은 공감과 감동을 겹으로 봉쇄하는 도덕적 정신과 의식의 메커니즘으로부터 일탈하여 새로운 주체인 몸으로 귀착한다. 몸이란 무엇인가. 그것은 무정형의 과거와 미래가 아니라 정형의, 지금의, 느낌 그 자체이다. 의식이나 정신과는 달리 몸은 쉽게 과거의 절망이나 미래의 희망에 몸을 내어 주지 않는다. 몸은 가꿀 때 단단해지고 버려두면 물렁해진다. 몸은 "꽃이 꽃이라 말하지 않"듯 나에게 어떤 말도 하지 않는다. 지금 현재의 느낌만 줄 뿐이다. 이렇듯 몸은 냉정하다.

이러한 몸의 발견은 정직성의 회복이며 새로운 희망을 찾는 과정이다. 몸은 정직하다. 시인은 "내가 좋아해도 몸이 싫어하는 일을 하지 않는다/ 왜/ 몸이 돌아서면 잡을 수 없다"는 것을 알기 때문이다. 또한 "몸과 가까워질 수 있는 희망마저 없다면/ 삶을 땅바닥에 내려놓을 수밖에" 없다는 것을 알기 때문이다.

독자의 공감과 감동을 겹으로 봉쇄하는 도덕적 정신과 의식의 메커니즘으로 생산된 시는 과장된 절망과 거짓 희망만을 양산할 뿐이다. 반면 정직한 몸을 기반으로 한 시는 현실에 기초한 절망과 참된 희망의 실마리를 제공한다. 시인은 그러한 몸을 벼리고 벼려 자신의 무기로 삼아야 한다. "그래서 나(시인)는 몸과 대화를 나눈다 / (중략)/ 서로 환해지려면 시간이 걸리기 때문에/ 나(시인)는 언제나 몸과 밀어를 나눈다"(〈가꾸는 몸은 아름답다〉에서). 그럴 때 시인은 공감과 감동을 줄 수 있는 희망의 실마리를 찾는다. 그러나 "몸과 가까운 거리에 있을 때 가질 수 있는 희망"은 과장된 절망과 거짓 화해의 거짓 희망이 아니다. "(정직한) 몸과 가까워질 수 있는 희망"일 뿐이다.

밖 온도 보다 체열이 높다
이미 알몸이기 때문이다
꿈틀거리고 있는 몸은
서로 이름을 부르지 않는다

나뒹구는 밤의 투신은
짜릿한 비명

각혈을 하고
시간의 늪에서 두려움 없이
헤엄을 친다

<마음, 그 기억에> 앞부분

몸은 아픔을 과장하여 절망하지 않고, 거짓된 희망을 주절거리지 않으며, 더 이상 서로의 이름을 부르지 않는다. 이제 밖 온도보다 높은 체열을 가졌기 때문이다. 스스로 살아서 꿈틀거리기 때문이다. 시인이 발견하고자 한 정직한 몸은 이제 시인의 새로운 주체로서 꿈틀거리며 살아가기 시작한다.

3. 시간의 근원 찾기

우윳빛 몸을 바라본다
살 냄새가 향기로운 건
서로 부둥켜안고 풍덩 죽음으로
뛰어들 수 있기 때문이다, 다시
커튼이 젖히고 빛이 들어온다
조금씩 안정을 되찾고 있는 아침
아무도 가보지 못한 엊저녁의 길을
내일도 가고 싶고 오래오래 걷고 싶어서 또
세상은 폭설처럼 환했다.

<마음, 그 기억에> 뒷부분

건강한 우윳빛 몸에선 향기로운 살 냄새가 난다. 시인에게 그것은 서로 부둥켜안고 풍덩 죽음으로 뛰어들 수 있는 정직함이다. 삶의 끝은 죽음이다. 정신과 의식은 죽음에 대한 두려움을 은폐하여 과장된 절망과 거짓 희망으로 가장한다. 그러나 몸은 그렇지 않다. 그럴 수가 없다. 더욱이 정직한 몸은 시인의 의지와는 상관없이 정직한 죽음으로의 길로 간다. 시인은 그것을 "시간의 늪에서 두려움 없이/ 헤엄친다"고 표현한다. 곧 정직한 몸에 대한 발견은 정직한 시간에 대한 발견이다.

죽음이 필연이라면 그것을 담담하게 받아들일 수밖에 없다. 몸은 그것을 증거한다. 시인은 매일 그러한 자기 증명의 경험을 한다. 어두운 밤이 지나면 신생의 아침이 온다. 시인은 밤의 어둠 속에서 밤새 뒤척이지 않고 정직한 몸의 동시적 소멸과 생성의 원리를 받아들인다. 그러면 "…… 다시/ 커튼을 젖히고 빛이 들어오(고)/ 조금씩 안정을 되찾고 있는 아침"을 맞이할 수 있다.

그런데 그런 날 아침, 시인은 "아무도 가보지 못한 엊저녁의 길을/ 내일도 가고 싶고 오래오래 걷고 싶"다. 엊저녁의 길은 시인이 지나온 과거의 길이다. 그런 길을 내일, 미래의 시간에 가고 싶다. 죽음을 수용한 정직한 시간은 과거의 시간으로 향하고 있다. 일반적인 희망의 시간은 미래를 향하고 있는 반면 시인의 희망은 과거를 향하고 있다.

살아남는다는 것은
좋고 나쁨을 모른다
그는 그를 땅바닥에 내던져 버린다

먹다 만 배가 변색된 손끝 저편에
한 번도 뵌 적 없는
부모님 얼굴이 따뜻하다.

〈재생〉에서

시인은 "오래전에 잃어버린 맛을 기억하고파/ 배 한 입 베어 물"(〈재생〉에서)어 본다. 과거의 시간으로 들어간다. 거기에서 "차가운 골목길에 버려진 눈물마저 메마른 한 아이"가 떠오른다. 그 아이가 살아남는다는 것은 좋고 나쁨의 문제가 아니다. 생존과 삶 자체를 도덕적 잣대를 가지고 판단할 수는 없는 것이다. 시인은 그러한 삶에 대한 판단 근거들을 땅바닥에 내던져 버린다. 그러나 생명은 생명이기 위해 근원적 조건을 가지고 있다. 그것이 시인에게는 부모님의 얼굴이다. 한 번도 뵌 적이 없지만 자신의 삶의 근원으로서 따뜻한 부모님이 거기에 계시다. 이렇듯 시인의 과거로 향한 희망은 정직한 시간의 근원 찾기라고 할 수 있다. 그런데 이러한 과거에서의 정직한 근원 찾기는 현재에 대한 정직한 시간의식에서 출발한다. 시인의 물리적 나이는 60대이다.

> 육십대란 무엇인가?
> 바람이 불면 바람보다 먼저 바람이 되고
> 비가 내리면 비보다 먼저 비가 된다
> 별로 갈 곳도 없고 오라는 곳도 없다
> 그래서 조용하면서도 미친 듯이
> 자신을 잃어간다
>
> 〈육십대〉에서

시인이 진단한 자신의 모습은 바람 불고 비 내리는 세상에서 바람보다 먼저 바람이 되고 비보다 먼저 비가 될 수밖에 없는 평범한 노인일 뿐이다. 더욱이 세상의 관심으로부터 소외된 존재로서 자신마저 잃어버린 존재이다. 시인의 또 다른 진단은 "그러나 육십대가 아름다운 것은/ 여유가 있다는 것이다/ 누구와의 싸움에서 늘 진다는 것이다/ 그것도 이길 수 있는데 진다는 것이다/ (중략) /그래서 때론 고상하고 때론 엄격하고 때론 무너진다/ 소심하고 겁이 많아 투명한 노래를 곧잘 부르며/ 바람이 지나가는 의자에 앉아서 먼 산을 바라본다"(〈육십대〉에서). 시인의 진단은 정직하다. 살아남는 것에 좋고 나쁨이 없듯이 60대의 삶은 역설적이게도 좋기도 하고 나쁘기도 하다. 이제 시인은 과장된 절망과 거짓 희망을 노래하지 않는다. 소심하고 겁이 많아 바람이 지나가는 의자에 앉아 투명한 노래를 웅얼거릴 뿐이다. 그 노래는 시인만의 노래가 아니라 정직한 우리 모두의 공감의 노래가 된다.

4. 너덜너덜한 희망

정직한 몸에 기대어 독자들의 공감을 획득한 정직한 시간의 노래는 한가하고 여유롭다.

> 오후가 웃을 때 느릿느릿 백사장을 거닐던 그림자
> 두 팔을 치켜들고 마냥 외칩니다
> 파도를 딛고 허공을 오를 듯이
>
> 하늘이 바다에 빠지지 않으려고 피 토하는 저녁 무렵의
> 광기 앞에서
> 느긋하게
> 죽은 물고기를 걷어내고 있습니다.
> 〈여행〉 전문

바람이 부는 의자에 앉아 먼 산을 바라보면서 시인은 느긋하게 여행을 상상한다. 느릿느릿 백사장을 걸어보기도 하고 파도를 딛고 허공에 뛰어오르듯 마냥 외쳐보기도 한다. 그것이 가

능한 것은 바다에 빠지지 않으려고 피 토하는 황혼의 광기에서 벗어났기 때문이다. 곧 몸의 끝인 죽음의 시간은 느긋하게 주점주점 걷어내 품에 안았기 때문이다. 그럴 때 시인은 "태초의 플러그가 연결된/ 달구지 바퀴살이 느릿느릿 굴러가고/ 이름 모를 꽃들은 셋방을 옮겨 다니며/ 세태를 이야기 하는 곳"을 꿈꾼다. 왜냐하면 그 곳은 "저마다 마음꽃 한 다발씩 주고받는/시간이 비껴간 자리"(〈퓌센 호수〉에서)이기 때문이다. 그런 곳 그런 자리에 우리가 도달할 수 있을까. 시인은 우리가 지금 그런 자리 그런 곳에 도달했다고 말한다.

세월의 무게를 처음이자 마지막으로 감지하는 것은 몸이다. 몸의 정직성을 감지할 때 시간의 정직성을 감지할 때 무의식적으로 흘러나오는 우리의 탄식은 '어쩔 수 없음'이다.

> 푸르던 나뭇잎들이
> 차가운 계절 앞에서
> 바람에 떨며
> 흩날리니
> 산은
> 어쩔 수 없이 벌거벗고
> 석양마저 산 그림자를 길게 드리워
>
> 〈풍경〉에서

어느 누구도 시간을 거역할 수는 없다. 그것은 자연(=산)의 질서이다. 무성하던 산의 풍성함은 겨울이 오면 어쩔 수 없이 벌거벗을 수밖에 없다. 그 겨울 산에 산 그림자가 드리워진 어둠이 내리고 "날짐승도/ 길을 잃은 듯/ 날개를 수백 번 퍼덕거려도/ 어스름에 묻히고만"(〈풍경〉에서)다. 거역할 수 없는 정직한 시간의 질서 속에 정직한 "알몸"이 있다. 그 알몸이 "꿈틀거린다"(〈마음, 그 기억에〉에서). 시인은 그 어둠 속의 수백 번의 퍼덕거림을 "오, 새벽을 기다리는/ 저 소리"(〈풍경〉에서)라고 부른다. 이것을 알몸의 욕망이라고 부르고 싶다. 이제 우리 시인의 마지막 시가 왜 〈욕망의 끝에 서서〉인지 어렴풋이 알 듯하다.

    희망을 다잡아
    신발 끈을 조여매고
    수평을 잃어가며
    혹독한 날들의
    긴 여정에 마침표를 찍고
    꽹과리 장구소리에 묻혀
    맑고 눈부신 하루하루
    수척한 몸이 곪아서
    아무도 모르게 우는 봄날
    꽃그늘에 앉아보니

스스로 독을 품은 지난 세월이
원귀처럼 울어
아, 걸레 같은 봄빛이여.

〈욕망의 끝에 서서〉 전문

이런 걸레 같은 봄빛의 희망은 어느 산골 작은 초막집 겨울을 견디어 낸 너덜너덜한 문풍지에 새어 들어오는 봄 햇살이 제격이다.

해맑은 어느 아침, 아드리아 연안 푸지나* 나무다리 위에 섰다. 보이는 것들은 모두 반겼다. 왜 말이 없느냐 물었더니, 의심스럽겠지만 실로 오래전에 헤어졌던 절친한 소꿉친구인데 무슨 말이 필요하냐며 덥석 껴안는다. 체온은 따뜻했다. 눈빛도 강렬했다. 어느새 품속에는 그림 한 점 화들짝 들어와 있었다.

〈푸지나Fusina 풍경〉 전문

* 푸지나Fusina: 베네치아 맞은편에 있는 캠프장.

아! 따뜻하다. 희망이 보이지 않는가.